記憶する生×九千の日と夜

吉田広行

目次

記憶する生　5
九千の日と夜　31

記憶する生

一

傾きかけた長い午後に
書き損じた詩のかけらを
Memory card に格納する

それは不滅の記憶のため？
思い出の痕跡のため？

ぼくらは何を残そうとしているのか
どこへ過ぎ去ろうとしているのか

記憶する生のかなた
なにかの呼び声の
あわいに

回転する生のつかのまに

すべての memory も
やがて宇宙の
激しい電磁波の
渦にみだされて散り散りにこわれてゆくだろう

揮発する生よ

生々流転
何ひとつとどまるものはない

二

生の始まりは暗く
Big bang と Big data の
あいだに挟まれて
もうすぐこの世の謎も解ける？

ひとは不滅のヒトとなって生き続ける
細胞は細胞をつなぎ円環をむすぶ

もう誰も死なない
誰もどこへも行こうとしない

巨大な彗星の尾が落ちてくる
この真昼

死の饗宴だけが満ちて

三

もう老いることはない
あらかじめ失われた老年の日々よ
永遠に二十歳に満たない緑の歳月よ

ぼくらは眠る、眠りつづける
生まれてから一度も目ざめたことのないぼくたち
ずっと未熟のまま
ぼくらは蚕のような生の capsule で活きる

一度も生きたことのないぼくたち
仮想の地平はどこまでも青い

四

すべての産業はきのう終わりをむかえた
からもう働くことはない
ただ広い岸辺に佇んでいつまでもまぼろしの夏の遠さを測る
もうすぐこの世のすべての番地も消えるだろう
どこからどこまでというように地上の目印を進むことはない
いつからいつまで
というように明日の傾きを区切ることも
あらゆる量と数の幻想が消えたから

世界はいっそう空虚な泡になる
浮遊する生
遊戯の生よ
無数の cloud のように日々だけが連なってゆくだろう

五

生産は死んだ
買う人も買われるものも消えて
あらゆる消費は波のように融けていった
必要なものが必要なときに作られる
だけだ
すべては free だ

きみのこころも「自由な在野《フリーランス》」（＊1）
真空の青空の
蒸散の
果てのよう
に
「そしてそこまで歩いて、
きっと切断面のように、われわれは、立ちすくむのだ。
あらゆる消費が、いつか終わったとしても、けっして消費できないかたちで、
（たどれない破線として）われわれという異物が、残される、ことに。」

六

都市は壊疽のように溶ける

崩れる
白昼
腐敗した風が誰もいない路地を擦過して
ゆく
くすんだ夕焼けが
virus のように
地面に浸み透ってゆく
都市という祭祀
あらゆる仮構と実装
あらゆる詭弁と実証
Tabula rasa の
羽衣のように
翻る
その不定形な

気候のような事象たち
絶え間ない放散と
淀み
上昇と降下
都市はいつも始まっている
都市はすでに終わっている
無人の荒蕪地が
遠くでざわめき
滅亡は一滴でたりる

そしてあらゆる都市は墓跡に向かう

七

寿命の境界はなぎさの先端のように
消えていった
白く paste された
空間だけが残った
昨日とはいつだったのか五年前のあの日に何があったのか百年前はいつのことだったか
すべては燦燦と吹きこぼれる光の薄片のまぼろしのように遠い
いつまでも片隅の庭のような世界
凹凸のない世界
ぼくらは生きて死んでいるのか死んで生きているのか
何百年もの間?
いったいぼくらとは何者で
どのような形でこの地上に佇んでいるのか

いまも光がさかんに
散ってゆく
花弁のように
何かが零れてゆく
割れた水の
ように

もうすぐ人間という名の傾斜は終わる
「人間《ヒト》の影は溶けてゆくだろう
恋するからだだけが残るだろう」

八

とても小さなゆがみとゆらぎがあり
その誤謬から時間が生まれた
あるいはいまも誕生していない無時間が続いている
極大と極小のあいだで
時間は謎のままだ
時間はない
時間はある
時間はいつも始まっている
時間はいつまでも始まらない
初めからあった無
初めからなかった無
この世のすべてが無いからすべてはまだ有る
この世のすべてが有るからすべてはもう無い
陽は昇り陽は沈みその向こうに

織りこまれた青空が透きとおって
深い無のそよぎのままで燦燦とひるがえっている
鳥たちが無重力のなかを輪をなして舞っている
時間はいつまでも青い

九

（終わる
滝のひとしずくの
ように
ぼくらは
終わる
日々

なだれの
ように
くずれる
ぼくらはどこにもいない
どこにでもいる
ぼくらは春の日の水音、宇宙の
始まりの時
の風の一片
夏の嵐
刻々と死滅する星の
匂い
秋の円盤が立てる
さざなみ
冬の落雷、星空からの

塵

昨日から今日のあいだで
今日から明日への
途上で
ふいに訪れる
不定形な
　かなしみ
　　不定形なよろこび
歳月も
自明の領域も
すべて消えて
ぼくらとは無数の
　影
　　光の

幻像
ぼくらは
すぐに消えてなくなる
固有の（万有の）滅び）

十

その、どこまでも揺らめくような、なにか
たとえば桜の満開の
春の嵐のなかで
生と死の
火のような細胞たちが同じ劇の由来を演じ
はげしく増殖して

たがいに果ててゆくように
ついにどのようにも攪拌と惑溺であるような、なにか
そのまま禍禍しさにつながり
汚れと清さの両方を生み出す
影たちの
合奏のような
そこにまぎれもなくあり
そこであふれそこで沈んで
世界の羽のようにはかなく美しく
世界の棘のように暗くはげしく
どこまでも揺らめく
ような、なにか
（の亀裂）
それこそが

十一

たとえかりそめであっても
あるいはぼくらが偽りの化身で
注入された他者の残影のようなものであっても
老いて病んだ人たちを連れて
どこか未来の惑星を歩いていたようなあのとき
　道すがら湧き起こった
　　ほこりと日差しの強さへの
　　　戸惑いと懼れ
　　　　何ひとつ完了することなく歩き疲れていたとき

それとも何もない引き潮に足を
ひたして永遠の傾きを感じたあのとき
シグナルの向こうに
決して訪れない予感をおもったとき
あるいは「ピッティ宮殿まえのひろい坂のうえで
いつまでも帰らずにいる若者たち」
のようにしずかな夕暮れの終わりに
立ちすくんでいたとき
世界は刻々とありいまも刻々と
ほろび
そしてそのとき記憶とは網目状に
張りめぐらされた生の別名
（あるいは記憶の海）
どこまでも生の仮装に

過ぎないとしても
それがなければ世界への端緒が失われるから
粉々の
かけらや
放心の翳り
に出会いながら
記憶の小函をつくってきた反響たち
やがていつの日かそのすべてが空に消えて
遠い宇宙のほうへ
散り散りに
融けだして
ゆくとしても
もうひとつの時が舞い降りるときまで
記憶する生

の
始まりと
終わり
の青い時の
波動のままで
（何ひとつ糺すものはなく）
何ひとつとどまるものはない

0
もうすぐ人間も終わる
きっとオウムガイの年輪のように

ぼくらの年限も骨髄かなにかに刻まれているのだ
ある時代のヒトはここまで生きた、と
長い人生短い人生砂粒のように移ろう影
「あと何回満月をながめるか?」(＊2)
たとえ満月がどのように光り終わってゆこうとも
「にんげんの形でひとりで生まれ
ひとりの花火として死ぬ」
人とは絶えずあたらしく総称された
錯誤の形象にすぎないだろう

愚かさと可能の間で
賢さと不可能の間で

やがて人間は終わる

（＊1）春日井健歌集「行け帰ることなく」より
（＊2）ベルナルド・ベルトルッチ　映画「シェルタリング・スカイ」より

その他「　　」内は自著から引用

九千の日と夜

亡き父に捧ぐ

カバラが物語るところによれば、神は毎瞬無数の新しい天使を創造しており、これらの天使たちのおのおのは、もっぱら、神の王座のまえで一瞬神の讃歌をうたっては無のなかへ溶け去ってゆく定めにあるのだという。

——ヴァルター・ベンヤミン

終わりの庭

——私を語る者はすでにいない——

——いとう　せいこう

▼プロローグ

すでにないもの、あるいはこれから来るもの、なにかが始まろう（終わろう）とするとき、まだ見ぬ連なりのようにあるいは無数の泡の重なりのようにうっすらと予感の影だけが満ちてくるのだろうか。たとえば８０年代という一つの疾走（失踪）を優れて先駆的に外への横断として過ごそうとした人の以下のようなアダージョの呟きにもそんな影の余剰が通奏低音のように流れているように思われる。

到着の映像は、はじまりでのみ無想される。はじまりを持たない者にとって、すべては暗闇の中にある。でもその暗闇は、白日の光にみたされた暗闇だ。何もかもあきらかに見える、けれどもほんとうは何も見えていない。（『コロンブスの犬』…管啓次郎）

京都の路地を歩くと、旅する目に家々の軒先でよく見かけるものがある。たとえばそのようなものとしてふたつの映画を幕が上がる前後の鍾馗のようなものとして挙げてみることができるだろうか。「エイリアン」（１９７９）と「ブレードランナー」（１９８２）。図らずも同じ監督によるこれらの作品ではどこか扇状に拡がるようなさきがけの近未来として、未知へのアプローチや異種混交やアジア的なもの、人間と人間ならざるものが未だ見ぬかすかな新しさとして物語られようとしていたのではなかったか。「叙情と闘争」の余韻があわく残り、大いなる物語は完全にはまだ死滅しておらず、比喩としてであれ置換され得るような寓意が比較可能なものとしてありえて視えた時代に。だがいつの時代も、人は精確に何かを予見することなどできないだろう。

見田宗介氏の『社会学入門』によると、地球の年間人口増加率が2％を超えていたのは1962年から1971年までのたった10年間だけだったという。その意味で1960年代から70年初めという時代が、どれほど人間の歴史のなかで、一回限りの特異な一時期であったかしれない、と。だから他のどのような時代も、この「全地球的な昂揚」の前では泡立ちにすぎないのではないか、とも。もしそうだとするなら、その流れの跡につづくすべては多かれ少なかれ「架空のオペラ」にすぎないということになるだろうか。人はもう事後を生きるしかない、と。ぼくはかつて自分だけのために不器用な短編もどきを書いたことがある。当時ぼくらは尾崎放哉にならって自由律の俳句を作っていた。その時の様子を綴った徒然なる文章を、転記のまま以下に少し留めておきたい。

＊

すでに離れてしまったものの距離をどう測り直そうとすればよいのか、ひとつずつ辿りなおし、その時の触感を失わずにもう一度歩いてゆくことができるのか。風があるようで風はなく晴れているようでじつは曇っているのかもしれずほんとうはどんな天候だったと呼べばいいのか、不思議な淀みと亀裂が見えない雲や晴れ間の裏側をながれていたのではなかったか。１９８０年代半ばから後半へなだれてゆくあの当時のことを思い出そうとすると、ぼくにとっては小さな陽ざかりの偏光の下でという形容が一番ふさわしかったようにもおもえる。きびしい暗さも激しさもすでにかつての道標であることから離脱して、世界の多くの街がどこか同じような気体の場所に近づき情け容赦ないある種の合理さと清潔さへ向かい始めていた時のかけ足の迅さ。そして異様なふくらみ。だが凋落もすでに生まれつつあった。だから最後は手元に落ちてくるかすかな光の粒のようなもの、あるいはむしろあっけらかんとした淋しさ、無技巧に投げ出されたものだけがもつ誠実さのようなもの、とりあえずそこに留まるしかなかったもの、そのようなものに寄り添ってその周りで弱い揺れのような何かとしてある他はなかったのか。

＊＊

句会はいつもそんな風に始まり、そんな風に終わった。尾崎放哉をとりあえずの師と仰ぎ自由律の俳句をつくるといってもそれ以上の堅さや範があったわけではなく、主宰している友人のひとりに誘われるままにぼくも何度かの句会に参加するようになった。句会の行程は神宮橋の上での朗詠で始まったり中野の区立図書館の一室から始まったりその時々で変わり集まるメンバーも男女をまじえて様々だった。それはたぶん短い夏の楽団のようなものだったのかもしれない、もともとその船団はどこかへ行くことを目的としていたわけではなかったからいずれ夏の波が消えるのにまかせて港にもどるかそのまいっしょにどこかの波間のかなたに消えてなくなっていったのだろう。その時々に呼び寄せられた集まりは創刊号と改訂版というとても小さな冊子と二号という句集のようなかたちでとりあえずの屈託なさや傾斜のいくつかをまとめ直して自然消滅のように終わったのだった。寛永寺で詠んだとき特選句として選ばれた句の数々だけを残すようにして。

たましい　あこがれ出でて　空の青
墓石で化粧を直す
手を洗うすぐかわく他人の墓
久し振りに素足で長い廊下を歩く
泥棒が星に見とれてつかまる

陽に灼けても　いいことにする
蝉にせかれて　髪を切る
ひまわりの下で　麦わら帽子を葬る

夏のひかり。小さな場所、その堆積、ゆるやかな波紋。たわいなさ。集まって消えてゆく人たち。

音楽の一楽章のように埒もない（ランボオ）

８０年代というひとつのオペラ。それは産業史的には日本が後半にかけて半導体産業で世界的に突出してゆく時代と重なる。一方日本のバブルが渦をまいて拡散してゆきながら、ちょうどその真ん中あたりにかけて沢山の死たち（死に至る病としてのエイズ）が点在するように置かれており、チェルノブイリの事故もそうした非常の一角を占めた、ということができる。それらの死のなかには１９６６年という人文科学の文化史的な驚異の年と呼ばれ数々の名著を生んだ「大いなる年」の著作者たちの一人であるスキン・ヘッドの哲学者ミシェル・フーコーの死も入っている。そのような明暗をふくみながらどこか時代の真ん中を起点に変質してゆくように見えるのだが、それは振り返った時の目から言える事象であり、その渦中にいたときは誰もそれを知ることはなかった、そのような光と影の、満ち潮と引き潮の、響きの果ての、音楽たちだった。そして、かすかに、今も。

▼そして始まりは水銀のように

城戸朱理氏の『非鉄』（１９９３）はいわゆる分かりやすい詩集ではない。そこで取り上げられているものがどれも変曲点や浮動少数点のようなものばかりだから。論理のいちいち（一行一行）はおそらくすべて明晰なのだが、書かれたもの（表記）は舞踏のようでかつ光や泡沫の軌跡に似てたどることが難しい。作者の先立つ詩集『召還』（１９８５）中の「表記の水」では、その始まりと終わりは以下のように記されている。

　もう電話をかける必要はなくなった・・・・・・その昏さに流れる　たゆとう夥しい水
のようなもの　それを詩のようなものと認知する　詩そのもの（で）はない　ことごとく
怨色の試み　錬金薬《エリキサ》もなく　あらかじめ　物語を　「終わり」とつづ（る

何事か終わりが予感されながら、徒労のように滲んでゆく、名ざすことができない水のように。あるいは始まらないのに終わっている、何も終わることさえできずに・・・。表記の心象はどこまでも揺れて止まないかのようだ。

いっぽう私には『非鉄』の一片一片が精緻さゆえになにかの記号の集積やことばで書かれた化学式のようにも思われるときがある。あるいは時代という不安の暈を計る湿度計のような計器。またその浚渫と水平に（移動しつつ《屹立》しようとする）意思において、非鉄はそれこそ水銀のように動いてゆくようにもみえる。その確たる（非情な）意思においてこの詩集はきわめて倫理的な書物なのだとも思う。

『非鉄』が書かれた1993年という年は、バブルが終わってある年月を経ながらもその焔《ほむら》の穂先が未だかすかに燃えていて、この先どうなるのか、人々がめいめいの見通しと幻想をすこしなりとも持ちえた時期でもあったのではないか、もしかしたらまた上向くことがあるかもしれない、いつの日かそれは来るだろう、そのような期待／気体の揺らぎがかすかな明りのように静かに許容されて（も）いた時代。個人的なことを申し上げればこの年は私が結婚した年なのだが、建設業を営んでいた妻の父は確かその前年あたりまで建設特需の余波の影響を受けて非常に多忙であったと記憶している。つまり未だ完全には終わっていないように見えていた、のだ。無数の、日の、なごりが、その発条が。

そのように言い置きながらもやはり不穏と不安。それは戦後初めて人々が経済にからめとられて長期に負けてゆくかもしれないという滅衰を朧気に跛行的にその肉体の変移を通じてでもあるかのように予感し出した時だったとも言えるのではないか。この詩集もまた不安の形象に満ちている。そして来るべき災厄への、予感においても、また。
「失題」と名状された以下の詩編。

たとえば、大津波
いっさいの前兆もなく。塔のごとき水の壁は押し寄せ、海辺の街を壊滅させる
・・・・・・
たとえば、大地震
小国は揺れて滅びる。地上を地底へと、吸引する意思、マグニュチュード八・五

すでに3・11を経てきた私たちの翳んだ目からみると、今日この詩集のあまりにも正確な予見に驚く。だが、作者の意図はおよそ予言の的中などからは最も遠くにあることは言うまでもない。そのような身振りと決別して詩人の関心はむしろ遙かに後ろ向きにあり、その危機はまさに今ここにあるからだ。だが余りにも透徹しているがためにかえって恐るべきながさで「以

後の世界」への射程を納めてその後の水脈《みお》に似たなにかを言い当ててしまっているのではないだろうか。そして一読して感じるであろう、その夥しい述語／術語の、非生産性の鞭毛のような触感。灰、石女、黴は言うに及ばず、灰汁の強い余剰の語を伴いながらたとえば失郷症、高速入眠、胃弱、神経症、境界型分裂、絶滅危険種、薬物、死火山、荒蕪地、レッドデータブック・・・・。なにごとか確固としてみえるかのように装われたものに対する徹底的な反―姿勢。その合間に置かれた、以下のような言葉の鞘。

　　人間のような、《紙》　地上は検索不能な　《灰》の堆積のうえにある（降灰）

　そののち、さまざまな事象の背景を探ろうとする学と名のつく多くのものがもはや無効になりつつある。すべてが検索不能の渦のなかにあるようだ。検索もまたひとつの意匠に過ぎないからだ。だからあらゆるものが等価値（＝無価値）になった。それはもはや鏡像の対となり得る外部の不在であり、たとえばどこまでも磨耗された瓢箪のつるつるの表面が続いてゆくように映ってみえるだけかもしれない。「背後なき表面」。まさしく「リゾーム・テクスト　・・・（余白とその余白または幹のない接木）　・・・すべてが余白である」（白の肖像、『召喚』）。

それはまた全てが相対性の海のなかでたゆたい、消失する泡のような地点に臨んでいるようにもみえる。そのような中で、「針路を尋ねてはならぬ　海原はいかなる声も反響させぬ」（アルゴー、失われた航海の目的）と言い置きながら、詩人はたとえばその「失われた目的のまま北の極点を目指す旅」に出る。「ただ北へ　ひたすら北へと進め　穢れた海を過ぎ　いつも半壊の都市を通り」（北上詩篇、詩集『夷狄』１９９８）、たしかにそこにはひとつの決意があり、出発の技法があるように見受けられる。だが詩人はもはやいかなる旅立ちも新しさも信じてはいないようだ（あるいは新しさをめぐる言説の虚妄さに誠実に疲弊しているのだ）。

そして時間の経過が些少でも成熟することを意味するのだとしたら、字義通りに与えられているものは今さらながらもはや成熟ではなく、それは再び「失題」の予兆であり、あてどない変奏であり、主題なき無色の時の遅延あるいは「白の肖像」そのものの中での彷徨となるほかにはないだろう。

その後いつも「訪れる紛れもない《失郷症》失われるのは地名」。「「白骨」を「自分」と誤読してしまう日。　いずれにしろ　nubes（＝雲）は死者の技　どこにも留まらず何者とも交わらぬ。」（失題）―そのような日々の、余韻と残響。

それら夥しい徒労と無為、峻拒の果てに「種子のうちなる滅びを育まねばならぬ　限りなく慈愛を込めて　限りなく残酷に　それがおまえの滅びを見送るための　最良の位置」（アルゴー、失われた航海の目的）となるほかはない。

　このような顛末を経めぐりながら、繰り出される糸のようにあるいは一巻の巻物のように、私には『非鉄』が回向文として書かれた祈りの書物のようにも思われるのだ。すべてが相対化して未決のまま変転してゆく中で、死者だけが唯一何ごとかの基点であるような、そのような「後ろ向き」を見送るための、手書きの書。自らをシテの位置に置いたまま何事かの召喚に賭けるように待ち続けるための開かれた書き物。それこそが「見送るための最上の位置」（同上）、かろうじて唯一残された餞となり得る方位そのものへの分身と祝祭。時はまだ遥かに来らず、とも。そのような形でしか時代と交差しえないところにわれわれはもはやいるのだ、と。確かにもはや死者しかいない、と。

　先の詩集『召喚』あるいは組み直された異本である『モンスーン気候帯』（1991）のなかでも、それこそ夥しく交わされるのは終わりをめぐって継がれる死者たちとの交感（＝交歓）そのものだとも言えるのではないだろうか。

　　こうして物語はつねに「つねにあらかじめ」すべての終わりに近づく（結末）

　　と、終わるのだ。いや、つねに終わりつつあるのだ。

もう何も、と「召喚」は書き継がれるのだ　死者よ、とどまれ（祭文）

死に絶えるものを哀しむな）と過度の預言すら亡ぶ、死者の声に傾く、あたかもひとつの秤のごとく

この言葉は死者のものだ、未来の。今、未明に萌え立つ。（白雉）

秤のように揺れながら紛れもなく死者に開かれてゆくことで、辛うじてこれらの詩集にどこか慰藉のような救いのような波動を微かに聞き取らせているようにも感じられるのだが。

一方、『非鉄』とちょうどおなじ年（1993）に世に送りだされた作品においても夥しい死者たちがスクリーンという名のうすい布の上にそれこそ禍禍しいまでに召還された映画があった。北野武監督の「ソナチネ」。ヤクザの組同士の抗争のさなか沖縄へ出向（左遷）を命じられた主人公。だがどちらの組の虚と嘘と醜さにも馴染めず、やがてその道行きがある意味ただ一つのリアルな死に場所を求めての旅に重なってゆく。その途中で繰り返される苛立ちと

無邪気さの数々の交叉。海辺の砂浜でひと時無意味な紙ずもう遊びの表出に戯れる主人公たちの姿はその底抜けの耀さとともに、日本映画史上で最もリリックでポエティックな場面だと思われる。

それから終極にむけて行われる敵組への襲撃とたったひとり生き残った主人公の自殺。しかしその死はもはや悲壮でも喜劇でもなく、どこまでも無味乾燥なものが突然投げ出されて終わるかのようだ。すべてが空虚で、唐突で、分断されて、切片のまま放り投げられて消滅する。主人公はけっきょく死を選ぶのだが、生き残った自分にはその先のどのようなリアルも感じられないからにすぎないかのようだ。まわりの社会の閉塞感と相も変らぬ小市民的で、抜け目のない立ち回りと息苦しさの緩慢な、淀み。

だから確かにもはや死者しかいない、と。城戸氏の『非鉄』も北野監督の「ソナチネ」もどちらもより長い幅で次の時代を予見し、はるかに死者たちの時代に連なる予感を先取りして、いわば不安の常態化に優れていたのだと思う。それはまたこうも言いなおすことができるのではないだろうか。もはや爾後しかない、と。

死者の数の多寡ではなく、死と災厄が結びついた余りにも生々しい事象として、これらの作品の二年後には阪神・淡路大震災とオウム真理教による地下鉄サリン事件が起きる。それ以降は尚更時代の底の方で死の鉱脈に寄り添うようなながれがはっきりとは視覚化されない形でふかく潜行していったように思われる。

この1995年という年を電機産業の面からあらためて眺めてみるなら総合電機に代表されるように未だ「総合」という名の神話が辛うじて生き残っていたような時代であった。

＊世界半導体ランキング（シェア）でもNEC、東芝、日立製作所の（総合電機）日本勢が上位二位から四位を占めていた（1995）。因みに一位はインテル。現代電子はまだ十位であったが、これ以降サムソンを筆頭に韓国メーカーからの猛追を受け、2000年を過ぎて日本メーカーは確実に追い越されてゆくことになる。1999年には日の丸半導体の代表であったエルピーダメモリの前身となるNEC日立メモリが設立された。総合や合弁事業というスーパーソニックに映るものがまだ信奉されていたかのようだ（エルピーダメモリも今は米国マイクロンに買収されている）。＊

時代の前半はまだPCの大半がスタンドアローンとして機能していた頃でもあった。インターネットも前夜の雌伏期間を経て、普及に加速がつき始めるのが1995年からだ。

90年代はおそらく様々な意味で「レガシー」と名指すことがまだ許されて、レガシーが文字通り遺物のままで存在しながら、次のミレニアムへの橋渡しに向かって最後の数年のさまざまな閃きをこぼしていた時代でもあったのではないだろうか。その閃光のような幾年かの曲折した奔りや罅を経ながら、たしかにある日ある時2000年を越えた千年紀が訪れたのである。

▼生命＝個体、あるいは道行きのように

21世紀の劈頭を飾るにふさわしい傑作、青山真治監督の「EUREKA（ユリイカ）」が日本で公開されたのは2001年の一月。偶然にバスジャックの死傷事件に巻き込まれた運転手と通学途中だった少年と妹。やがて三人は奇妙な共同生活をへて、元運転手が再び大型バスを運転して兄妹とともに宛てのない（再生の）旅に出る。その道行きの途中途中での車窓からの風景や光、路傍、道すがらの山並みや丘陵地の斜面など―これらのセピア色の映像もまた日本映画史上で最も美しいリトルネッロの数々だ。

いつ終わるとも知れない行路のなかで、やがて無目的に殺人を繰り返していた少年を警察に連れてゆくという転調がやって来る。結核のようにも思える（はっきりとは分からない病魔に犯された）運転手の軀が次第に衰弱してゆくなかで、ラスト近くで海辺の崖がみえる砂浜で別れの儀式を執り行う少女。映画はそこでかろうじて踏みとどまり、散乱する光のなかでかすかにしずかにあらたな旅立ちのかけらや雫のようななにかへ開かれてゆきながら終わりに近づいてゆくように見える。

私たちの周辺においても、まさに行き場のないこのバス（＝小函）の道行きと似たような形で、新千年紀以降、無数の平面を伴った日常が始まっていった。だが、心象風景を刻まれたそ

れら多くの平面において果たしてあの少女のような旅立ちが訪れたのだろうか。

むしろ「終わりなき日常」や連綿とつづく磨耗感が強まっていったように感じられる。さらにそこで展開されていったのは、新海誠監督のアニメーション映画「秒速5センチメートル」（2007）のなかの「コスモナウト」に代表されるように、たとえば一地方の高校生にとってより切実だったのは目の前のひとをただ好きだという片想いのけっして戻らない波のように切ない発露であり、宇宙基地から飛びたつロケットを通じて遠くへ離れてゆくことのみが持つリアルさであり、そのような近距離と遠距離への表出と接近を通じて、どこか無限に中くらいのものが消滅してゆくような光景であったとも言えるのではないか。

そのような諸相が深まるなかで、私たちのひとりひとりが固有の個人史に向かい合わざるを得なくなったのだ、と。それは「われわれはどこから来たのか、われわれは何者か。われわれは何処へ行くのか」を、言わば一人一人が孤絶のけしきのなかで遡及していかざるを得なくなったということでもあるだろう。

その意味で個人史はランダムに記録された流記のようなものに近づいていったのだ。デジタル時代の液晶画面に点字された流記のようなものに（それはまた次のDecadeで明らかにSNS時代の流記につながってゆくだろう）。

ここに、田野倉康一氏の『流記』（２００２）から、すべてが未だそしてこれから書かれるであろう刻々の流記への準備となり、きっと流れてゆくであろう一冊の詩集という水面（水喪）から浮かび上がってくる木片でもありなにものかの骨の証でもあるような言葉たちの舞踏をまず呼び寄せてみたい。

肉　すの入った骨　宿るものなどない　フィジカルな体躯に　寄せるものも
滅びるものも　おしなべて明るい眺望にある

晴天　恐るべき平穏　凪の海にしみわたってゆく　まひるの　ゆるいゆるいひかり
つぎつぎと流れ、ゆらめいている一連のセル　見ることで購われる永遠の生の
オリジンは知らず　世界は　なお、やわらかい光の　ただ中にある

さらされてゆく透明なむくろ　あるいは五感の記憶　手について忘れえぬ硬直も
臭気も　合戦の調略も今や　手をのばしても何もない明るみに消えて

これらの光景にふさわしいものは何だろう。あえて文脈から外れた奇妙な物語のようなものを招き寄せるとしたら。不思議にアンドロイドたちの終末のような光景をそこに感じる。完璧なアンドロイド。だが完璧であるがゆえにすでに消失（滅び）を運命づけられた者たち。ある昼下り、死屍累々と重なるアンドロイドたちのシミュラークル。

清潔な公園に累々と　神々の死骸が　散らばっている（流記）

あるいはたとえばローマ帝国の末期、ある皇帝の呟きの午後がエコーのように召喚されてもよい。そこにはもはや未来もなく過去もない。刻々と死に絶えてゆく現在、その広漠、その飛沫。そこからはもうすべてがありすべてがない。どこにも意味はない。そのようなもの、としての無名の日常たち。その連鎖。

そして、同じ著者による次の詩集『真景』（２００９）での「帰還」。『真景』は『流記』への相聞歌・往復書簡として始まるようにみえる。

終わりからはじまるものに　精神をゆっくりとたわめ　全感官を研ぎ澄ます　・・・
時の空間を開き　無残なる符号の　果ての果てのことば　に、煮凝ってゆくもの

ひかり、くうき　意味からははじかれ　語るしかない広野に　語るものはいない（帰還）

語るものの不在。その先の対角線になり得るものの不在。もう誰も何かについて語っているということはできないかのようだ。それはただ粒々の声、粒々の偏差、微粒子の走査線のようなものになってその都度その所々その陰影の先々のなかでかすかに現れるだけだ。

今日すべての著者がひとりで全書的なものを書かざるを得ないように、「真景」にもまたすべてがある。順列や配置や特別の事件などに最早さしたる意味はなく、電子からＤＮＡまで、生誕から死まで、記憶から未来まで、花火があり、時間があり、のぞみがあり、展開なき展開があり、無意味がある。そしてそれらは絶えまなく滲んでくる、放射してくる。

誰もが疲れはてているから　誰も疲れてはいない　ただただ人類が　磨り減ってゆくのだ　エリ・エリ・ラマ・ラマ・・・（ＪＫ）

単性の生殖を繰り返すもの　こそ未来を切り開くもの
ほろびゆくＹ遺伝子（喩）

これら磨耗の、かずかずの言葉。任意に書き取ろうとすると、一群の詩句たちはある煌きを放ちながら無数の残像・映像となって一瞬ののちに過ぎ去ってゆこうとするようだ。いずれもが「途絶せず　つながらず」、「あるものからないものへ」「ないものからないものへ」「記憶するよりも速やかに」奔ってゆく。

何も取捨せずに想起のままに奔り去ろうとする（われわれにあるのは想起であって精神ではないから）。ほとんど奔ることが止ることと同じように遅れつづけながら。私たちは遡行しつつ、ついにつながらず・・・。どこへも行くことはできず、また問うこともできない。いや問いはない。ただそこから帯状の何かになって無数の映像の漣のようなものと出会うことができるだけだ。まひる＝真闇のなかで。浮遊のまま、未生のまま、平坦のまま亀裂のままで、名指すことができずに漂い続けてゆく。そこにはたぶん意味の回廊はなく、所在もなく、対象もない。終わりも始まりもない風景。そこは沼津であっても三島であってもきっと同じだ。

投げるべき問いを呑み込む　呑み込もうにも問いがない自明の　都市の真闇に
住んでいる（沼津の富士）

「真景」──実際の、実在の、景色、あるいは零地点の風景。それは「帰還」に始まり「生まれる場所」で終わる。まるで逆向きのネガプリントのように遡行してゆき、最後に生まれる場所に還ってゆく。あるいはすでに死も生も等置となるような、あるいは死から始まりもう半分の生で終わるような地皮にすでに現在の私たちはいるのだ、と。だから、ついに、「死ぬことができない」(生まれる場所)で現在を生きているかのようだ。

ここでもまた死と生誕が出会い、繰り返し響きあう。それは前のDecadeにおいて想起された死者たちの時代の予感にもどこか重なりながら増幅をともなって伝播してゆくようだ。むしろ新千年紀に入ってから何かの表出がますます生と死しかないことのリアルさを起点にせずにいられなくなったように思われる。それは一方で生と死の演習のような儀式、道行きのように辿りなおされる自分の死と誕生の風景を産んだとも言えるだろう。

川口晴美氏の詩集『半島の地図』(2009)においても起源(=終わり)を尋ねるようにしてその土地での生死の趨勢が辿られてゆくようだ。

最後に見る空はせめてきれいな青ならいいのにと　思ったけれど瞼をほんの少しもちあげて　震える睫毛の隙間からのぞき見たのは灰色というよりは　すべての色が抜け落ちた平板な広がり

わたしは足元からやさしく毛布を被せるみたいに埋められてゆく　川原の石と同じ温度に冷える皮膚　境界はなくなりわけのわからない世界とまじわりあうわたしはかたちをなくして　世界のひとかけらになってゆく（サイゴノ空）

ここで繰り広げられる起源をめぐる旅は、確固とした形とは無縁のままで無機的ではるかに乾いており、どこまでも断片的でフラジャイルなものの浮遊の果てに、ある一瞬羽ばたきのような何かが訪れ、たちまち消えてゆく生の発露を探るような旅（＝演習）なのだと思う。それは未練とも異なり、諦めとも違う。なぜかは知らないがそのようなものとしてあるほかはないような形でいつも詩人はその都度新しく生き（新しく地上に降りたち）、死んでゆくように思われる。

わたしはいつだったか王冠に似た灰色の内側にいて　そこからやってきたのだという気がする　知らない遠い惑星のような春に　わたしというかたちで降り立つと　乾いた風にさらされる（給水所）

風景にはもう記憶がない。未来もない。目的もない。何処でもが任意の場所だ。だから真っ白い地図の上で自分の生と死を重ねてゆくしかない。どこにもたどり着かずに（むしろ安易に囲うようなことを激しく拒みながら）一瞬一瞬の果てを歩いてゆく。

あるかもしれない今この瞬間のわたしの足元に　大きな滝が出現してわたしの世界の果てとなったとしても　おかしくはない　いたるところに世界の果てはある　生きものの数だけ死を降り積もらせてこの地はできている（2007.11.17 池袋 13：06）

そして「サイゴノ空」は何もない小さな場所に柔らかく着地するような光の散乱をふたたび夢みるのだろうか。

わたしは水位のことを話そう　ことばのゆびのうえを助走し　揺れてうつりかわる草の色　風に運ばれる雲の速さ　川面を震わせて飛ぶ鳥の声　壊れていくのか造られていくのかわからないものたちを越え　やがてなにもないところへと　離陸できるように

（水のさき　ゆびの先）

川口氏の詩の硬質な純度は近年の傑作『Tiger is here』（２０１５）に至るまでいまも変わらずに、廃墟としずくの間を九十九折のように揺れながら炎のままで擦過してゆくようだ。「文字のような時間を皮膚に刻みながら顔をあげ　降りかかる世界の雫に潤って」（シズク）。

そして岸田将幸氏の詩集『生まれないために』（２００４）においても執拗に死んだ風景が語られる。

われわれのからだは茎のない花、穴でない穴、　こめかみの下からは脊椎（動物）の濁流、まぼろし　われわれは死後数日に再度、此岸へ集められると眼球だらけになっている顔面です（序（無方位な散骨が））

闇に頭を打ちつけ骨が死に　黄色の子房が嘔吐し豊かな土壌が生まれ、ただが頭部はまもなく自爆して。続く頭部も。赤土からは死臭が昇り。上方からは毛根の散布夜に溶けた歌が河川を遡上し。その裏に、腐敗した言葉が囁いている、片思いに。

直線を崩すことなく疲れれば自害し、中洲へ凝固し。それは静かな焼却。星雲へ、
(世界に生まれるまえに)

ここでの賽の河原のような光景はどれもパーツになった意識のありようが夢見たけしき(辺土)のようにも思われる。どのような総合化もできず、それこそ個片化した生の、原形質のままの意識。たとえ過剰に見えようとも、荒廃された名もない土壌の広がりだけがある、生命と物質の近傍のような場所。意味は徹底して排除され、連ねられるのは原記憶のような風景だ。そして生と死をめぐる「固有時との対話」のなかで、呟きは宇宙時との対話の近く、その汀の近くにまで届こうとしているかのようだ。それは限りなく中くらいのものが消滅し、どこか近傍と宇宙の端っこのような遠さだけがある光景にも似ている、「宇宙ゼリー・・・・、宇宙ゼリー・・・・」と。

そこでの詩人は刻々と変異する現在のさざ波に佇み、とりあえずはまた「流れて行くものを見ていると確かに帰って来るものが在ることが解る　巻き返されたもの、その先に身の置き場がなく道を二度、歩いたもの」(詩集『弧絶—角』2009)を思い、再び歩き始めようとする。重々しい潜り戸を抜けてどこか清々しくも感じられる風の方位へ。それは多かれ少なかれ同じ時代の声たちの立つ場所で(=共に)あるような地点への道行きともなるだろう。ひとつひと

つの個体の道行きがその都度試され、繰り返されてゆく。だからといって何かが担保・保証されているわけではない。どこまでも任意で破片のように辿られる死と誕生の風景。

キーワードに何の意味もないとはいえ、あえて新千年紀からの最初のDecadeの特徴を呼びあらわすとしたら、それは金融と生命学とアートということになるのだろうか。死と誕生の風景はまさに生命学の支脈に交差してくる。ちょうど個片化された意識（脳）の次元に対応するようにＥＳ細胞やＩＰＳ細胞（２００６年発見）のあり様が具現化（物語化）されてきたとも言えるかのようだ。これらの細胞イメージは次の時代の「万能感」の表出にどこか繋がってゆくようにも思われる。

一方、アートの世界では９０年代初頭に「死」のホルマリン漬けで一躍有名になったダミアン・ハーストがSPINシリーズのエッチング（２００２）を発表している。そこで描かれている円環は創出された宇宙のようでもあり曼荼羅のようにもみえ、単なる渦のようでもあるが、いずれもがはげしいにじみや潰れ、染みや拡散を内包して不均衡を予見した構図に終始している。これらの作品表出もまたその後に起こるたとえば金融バブル崩壊（リーマンショック）の円環の決壊（破裂）にもどこか通じているかのようだ。

そしてパーツとしての個の意識に対応するように、もうひとつの側面として再び産業史的にながめるなら、この時代において日本においてはもはや総合と呼ばれるものが死滅して部品産業以外にはなくなったと言うことができるだろう。いわばキッチュとしてのパーツ・部品を作ること以外に事業の見取り図が消失したのだ、と。誰も全体を俯瞰してデザイン・製造することができなくなった、「平板な広がり」の敷衍。かろうじて全体幻想の役割はアップルやグーグルなど海の向こうの特異な企業群が担うことになった、と。モバイル端末とインターネットの普及が文字通り網状に紡がれて、その結節点（特異点＝差異）を押さえることがますます意味を持つようになった。そのようなノードに関わることができるような企業だけが突出して利益を生み出したという構図。利益固執（内部留保）へのあからさまな傾斜。それは分配をめぐり社会に激しい格差を生むことにも繋がっていったと思われる。そのように様々に揺らぎあい鬩ぎあう遠浅の波のような展開と波紋を生みながら、次のDecadeの岸辺が近づいてきたのかもしれない。

▼全てであること、そしてアーカイブ、無限からの照り返しのように

図らずも同じ年（2012）に、車（リムジン）＝函での道行きによるドラマの展開という共通項を持つ作品がある。デヴィッド・クローネンバーグ監督の「コズモポリス」とレオス・

カラックス監督の「ホーリー・モーターズ」。どちらもリムジンの中では主人公がある種の万能感（全能感）を体言しているような役柄を演じている。

コズモポリスでは若き投資家の大富豪がそれこそ万能の支配者のようにこの世をながめ、リムジンに乗って街中を移動し続ける（実際には交通渋滞に遭遇してなかなか進まない）。モニターで世界の株式市場をチェックして、その場で指令を出せばある意味車の中ですべてが事足りる。リムジンの中でセックスをし会話をして食事をする。健康診断もおこない、トイレにも行く。それ自体で完結する世界。もちろん彼は新婚の妻に会うためや床屋に行くために外に出なければならず、やがて「全能の均衡」は崩れる運命にあるが。

一方ホーリー・モーターズでも主人公は全ての人格（過去の映画の映像エッセンスの敷衍であり、映画そのものへのオマージュ劇でもある）を演じる万能の役者のような設定になっている。アポイント先に向けて移動しながら、彼はその場に到着すると喜びから悲しみまで、即興から3G的な動き、怪人から粗野、繊細までのあらゆるパーソナリティーを演じることになるのだ（ただしその演技が頼まれ仕事によるものなのか、主人公自らの個人的な趣味の延長でなされているものなのかは最後まで判然としないように思われるが）。

いずれにしてもリムジン（＝函）の中で人は全てを行うことができ、全てを演じる（扮装する）ことができる。しかしその外では直ぐに容易に壊れてしまう世界。万能感と無能感の背中合わせ。それは充溢と空虚の区別のなさにも通じるだろう、すべてが可能のようにみえても函の外はどこまでも空虚のままだ。ホーリー・モーターズでのサマリテーヌ百貨店屋上からのパリの夜景はこの世の終わりのように美しい。いまやすべての人があらゆる場所で徒労のようにそこまで来ているかのようだ。今日、音楽においてはすでに自明の通り作詞から楽曲の制作、編曲、録音、ミックスからマスタリングに亘る全てのプロセスを一人で行うことが可能になっている。もう他人の手は要らないのだ。誰も必要とされなくなった。だから車窓からの風景＝映像はひとが不要になったという意味でどれも限りなく廃墟に近づいているようにみえる。

夜のドライブを通じてそれこそ廃墟の町を移動してゆく映画に、ジム・ジャームッシュ監督の「オンリー・ラヴァーズ・レフト・アライブ」（２０１３）がある。ここでも車の中の主人公たちはある種の不死（万能）のヴァンパイアたち（恋人同士）である。彼らが移動しているのはデトロイトの街中だ。それこそリーマンショック後にＧＭが倒産して実際に廃墟と化しつつある郊外の風景。車＝函の内外での万能と無能の氾濫。貴種と滅びの対比。

あの当時、新世紀の最初のDecadeがどのようにしてひとつの万能の狂乱に酔い痴れ、無能となって終わりを迎えたのか。私もその周辺で仕事に関わっていたため、今でもよく思い出す光景がある。リーマンショックが起きる前年の年末のある一日のことだ。某外資系の証券会社のフロアーでは着飾った高貴な感じの婦人たちやその家族一同がそれこそ我が家のようにしてオフィス内を闊歩しているのだった。おそらく本国幹部社員の家族たちで長い休みを利用して、その世界旅行の合間にでも日本に立ち寄ったのかもしれなかった。フロアー内はどこかお祭りムード一色の感じが漂っていた、あの時何かが（万能が！）まだ永遠に続くように思われていたのだ。

しかしその宴の後、いずれの国も共同体も各国のお札をただ増刷し続けること以外に選択肢がないというある種の無能感に沈んでいった。それは今も続いているようだ。万能の後の無能、過剰からもうひとつの（逆の）過剰さへの転移。絶えずなにかの過剰を必要とし、それなしには経済も社会も成立し得なくなりつつあるように。その加速感のみが際立つしかないかのように。

そのようにして膨大な過剰さは今も生まれているようだ。たとえばアーカイブという文字通り膨大な情報量の蓄積とその進行。そこで貯められてゆく世界史に匹敵するような各個人史の詳細な情報。そして3・11以後、私たちはもう一つ新たに膨大なものを受けとることになった。放射能汚染による残留物。その総量が京で示されようと他の数値指標で示されようと、それらの残留物のレガシー（遺産）によっておそらく一人の人間の尺度では測れなくなった時間の幅が紛れもなく出現したという事実。

3・11の震災と津波による被害そして原発事故を経て、その後社会の中で消えかかっていた無限に中くらいのものが生まれ出るような期待感が一瞬醸成されたときがあったように思う。それは多分「きずな」や「みんなの家」あるいは被災地ネットワークの名で語られる事象などにも一部紛れこんでいたと言えるだろう。しかしそれらへの視角がまた曖昧に消えつつあるように見えるとともに、生と死に縁どられた個人史の時間に明らかに膨大な宇宙時の時間フレームが浸透してきたのだ。それは原子力の放射能汚染の事故以後、否がおうにも個人史のなかで対峙しなければならなくなったことだとも言えるだろう。あたかも有限の個人に対してどこまでも無限の照り返しが進入してきたかのように。

たとえば十万年という時間。今も福島に住みながら様々な発信をつづけている和合亮一氏の『廃炉詩篇』（2013）中の以下のような詩篇。

闇夜　十万年の孤独に　私の死はあざ笑われている　死よさらば！　私の死は知らない
うちに　宇宙の子どもになっている　放射能の夜更けのなかで　死よ　そんなに泣かなく
たっていい　きっと新しい死の朝の空が　はるか未来できみにさずかる　さあ死よ

（馥郁たる火を）

原子力そのものを主語に据えて始まった詩篇は、やがて「きっと新しい祈り」をさずかった「私たちの胸の奥」へ転位してゆき、「あなただけの帆」を指し示して一旦は終わる。だが詩人の本当のこころでは何も終わってはいない、終わりようがない。廃炉詩篇全編を貫く詩人の呟きはどれも正確に綴られており、一見ダダイズムのような文脈を装うとも留保なしに精確だ。

そして例えばそこで示されている十万年という時間は現実的に実感できるものとして詩人に理解されているのではないことも言わなければなるまい。むしろ何かが決定的に理解不能（＝無能）になったという落魄、その激しい照り返しのなかで、もはや焦燥や苛立ちを通じて泡立つしかないというような過剰な感情。詩人はかろうじてその滞留の側に立ち続けようとしているように思われる。

（何かが終わらない　何かが始まらない　遠くで　近くで　）
岬が灯台の明かりをこちらへ投げている　先には無人の国が広がっている　にわとりの腹の底で割れた森羅万象が蠢いている　何かが終わらない（終わらない遠近）

スクリーニングをお願いします　手のひらをお願いします　手の甲をお願いします
悲しみをお願いします（震災ノート）

「廃炉まで四十年」（現時点）　ところでわたしの言葉の　原子炉を廃炉にするには　何年かかる　のだろう　この地球を　この虹を　この雲を　この指先の棘を　廃炉にするには　どれぐらいか（廃炉詩篇）

誰もいない福島　静かな雨　小さな駅　誰もいない改札口　始発を待つ青々とした列車　真夜中のプラットホーム（誰もいない福島）

自分の「生と死」を越えて、更にその時間の枠組みではどうしても御すことのできない、アンコントローラブルなものが出現してきた（している）という想いは若い女性詩人たちの声にも意識・無意識を問わずにさまざまに聞かれるように思う。たとえば三角みづ紀氏の『隣人のいない部屋』（２０１３）の以下のような詩篇。

しぬことも　いきることもできずに　ひたすらに日々がながれて　迷子のまま　あたたかい光のなかに立っている　重い水と砂糖をかかえて　ようやく家に着くころ　千年がすぎている（ティボリ公園までの道、２）

わたしがしんだとき　燃やされる肉体から　つややかな骨が発見される　三万年以上も前に　骨は笛になっていた　わたしの骨も鳴るだろうか　三万年を　おもいながら　去ってしまった六十分に　とらわれながら　わたしたちは列車に揺られる（骨の時間）

繰り返される生と死の実習。そしていつもその先にあるなにか「けっていていてきに」不可能なもののありようを詩人は凝視めているようだ。それが時にしずけさを生み、ある種の慰藉のようないつくしみを生んでいるようにも思われる。三万年の時のかなたまで、終わりがない衣ずれの音のような。

あるいは栞を挿入するにふさわしい文ことばのような、以下の文章たちの中においても。

「頭の骨以外はみんなやわらかい骨だったからとけてしまった。だから頭部しか化石がみつからないの。デボン紀の海にはたくさん泳いでいたのよ。」
「デボン紀？」　およそ３５０，０００，０００ねんまえ（＊実際の数字表記は横並び）
（朝吹真理子『きことわ』（２０１１））

ここでも語られる数字の信憑のようなものがただ信じられているのでは決してない。それはむしろ語りつくせない非在（不在）のあかしのようなものとして、遠い火のかなしみがひかるように際立っているかのようだ。もう誰も、いない、のだ。そのように生と死が宇宙時と出会うような汀で、私たちはいつまでも佇んだままでいるほかはないのだろうか。

そして産業（&テクノロジー）の周辺においても、（あえて比喩的な言い方を許されるなら）誰もいない構図が拡がっているように思える。今日、産業の形態はますます無限に向けて開いたまま二度と同じところには戻って来ようとはしないかのようだ。些少なりとも系統的だった個々の産業の位相が消えて、むしろ刻々に塗りかわるだけの動的な地図（＝Map）のようなものに益々なりつつあるように思われる。それは瞬時に特定の産業が別の産業に変移してゆくことも意味している。

ひとつの産業というものが多少は固定的な雇用や社会秩序あるいは安寧的な地域の上で生産と販売のフレームを伴なって展開されるようなものだったとするなら、もはやそのような産業は消滅しつつある。今、動的なMapの中で行われているのは一夜にして塗り変わる陣取り合戦の応酬のようなものであり、一気に転換が果たされるような先鋭的な奪取の構図のようなものでもあろう。それはまた産業の兵器化であり、絶え間ない先取りと組み合わせのテクノロジー（方法論）の持続でもあるように思われる。そしてオセロのように瞬時に裏返り、最終的に勝者がすべてを獲得するようなゲーム。

ＰＣもモバイルも自動車もすでに誕生して久しく、新千年紀の Decade に入ってからは本質的に新しいエレメントは何も生まれてきていないと言われる。それはフロンティアの消滅ともどこかで通じているだろう。そのような中で差異のきらめきだけを求めて組み合わせの変異が繰り返されてゆく。現在盛んに喧伝されている所謂ＩｏＴも組み合わせの技術に過ぎず、ＳＮＳもまた出尽くしたエレメントを繋ぎ合わせて仕組まれた、ひとつの閉じたネットワーク系の意匠に過ぎないだろう。産業においても、その余剰はもう「多くは、ない」のだ。

過剰によりかからず、なにか決定的な新しさに依拠したようなもの（あるいは前―史的な過剰への寄りかかりへの反省から生み出された中くらいものたち）は、まだ様々なこの場所・この時において現れてきて（＝出現して）いない。それは果たしてやって来るのだろうか。いずれの国も結局はまたなにかの過剰への作りこみに邁進してゆくことになるのだろうか。中くらいものたちへの視線が再びどことなく希薄化してゆくなかで、世界の趨勢はむしろ来るべき再構成に向けた波乱（＝戦争）への予感を宿しつつあるようにも思えてならない。それは決して望ましい未来ではない。

▼エピローグ

フェデリコ・フェリーニ監督の「道」（１９５４）で、旅芸人のザンパノがほとんどラストと言っていい夜の砂浜で、寄せ来る波音にとり囲まれながら、ジェルソミーナの純真さに初めて気がついたかのように夜天を仰いで号泣する場面がある。そのときザンパノの目はたしかに去っていったジェルソミーナの俤をきざむように視ていただろうか。いつも私たちは去り行くものがふと天使の贈り物のように置いて残していってくれたものに気づくのが遅すぎるようだ。

　あるいはなにかの終わりを見とどけながら、その没落（死）のなかに輝き（**Dying in its splendour**）を視るようなある種の矜持とダンディズムがまだ少しは残されているだろうか。輝かしい落日のなかで自らの生のありようを調えてゆくことができるのか。

「腐刻画」（詩集『四千の日と夜』１９５６）と題された田村隆一の以下の詩篇。

　ドイツの腐刻画でみた或る風景が　いま彼の眼前にある　それは黄昏から夜に入ってゆ
く古代都市の俯瞰図のようでもあり　あるいは深夜から未明に導かれてゆく近代の懸崖を
模した写実画のごとくにも想われた

それが「懸崖」であるのかあるいは何かの「俯瞰」のようなものであるか、「夜」なのか「未明」なのか、当事者の私たちは新しいものや古いものが絶えず寄せ来る波打ち際のような場所に佇みながら、つぎ（次＝継＝接）の時代に来るものを待つほかにはないのだろうか。

しばしば使われる比喩のように、人間の人生というものがほぼ70年くらいの寿命に亘って自らの意識の上に（投影された）世界に関わるスライドショーを見続けるという喩えに似ているとすれば、現在のテクノロジーは個々人のそれこそ生まれてから死ぬまでの刻々の膨大な記録をアーカイブすることができるまでになりつつある（一部はなっている）。やがて記憶の変移の一切のようなものも蓄積することが可能になるかもしれない。

そのとき比喩ではない形で、いずれかの未来において私たちは過去の一個人の歴史がその種子の一粒一粒のなかに埋め込まれているような人工畑の広がりや、あるいは砂粒の一つ一つに個人の歴史が撒布されているような大いなる人工砂浜の光景に遭遇することもあるだろう。過去のアーカイブの証しとして。

そのような人間の汀で、私たちとは誰であり、何処から来て、何処へ行くのか。新しい機械のようなものが到来して、やがて私たちとの間で婚姻が行われるのか。その全てへの答えは、まだ何もないが、私たちは膨大なものの「万能」と「無能」にこれからますます曝されようとしていることだけは確かなように思われる。

あるいはふと任意に開いて、書き留めてみた藤原定家の以下のような短歌。

くり返し春のいとゆふいくよへて同じみどりの空に見ゆらむ
はかなしな夢にゆめみしかげろふのそれもたえぬる中の契は
思ふこと空しき夢のなか空に絶ゆとも絶ゆなつらきたまの緒

このような思いの切片と私たちの時代も案外それほど遠いところに隔たってはいないのかもしれない。もしそうだとするならそれこそ三十万の日と夜にわたって、私たちは同じ爾後のような風景に出会い続けているとも言えるのではないか。

その終わりも、始まりも、あいかわらず、私たちには未明のままである。

ただ一つ、明るい日向の窓辺に言い置くことができるようなものがあるとすれば、それはどのようなかたちであれ、去りゆくものや、すでに去っていったものの残した俤のようなものを通じてたしかめてゆくことしかないのだ、と。ともに「無のなかへ溶け去ってゆく定め」にあるものとして、死者たちの時間との対話のようなもの、あるいは今まさに去りつつある人を思いながら生きてゆくこと、そのようなものとして、いつまでも、どこまでもあるほかはない、のだと。

So far away
Doesn’t anybody stay in one place any more?
It would be so fine to see your face at my door
Doesn’t help to know
you’re just time away
//
Oh, so far way
You’re so far away

(So far away –Carole King)

2016.3.27 (ト)

吉田広行（よしだ ひろゆき）

詩集
『二十五時』（私家版、一九九九）
『もっとも美しい夕焼け』（近代文芸社、二〇〇二）
『宇宙そしてα』（思潮社、二〇〇三）
『素描、その果てしなさとともに』（思潮社、二〇〇六）
『Chaos／遺作』（思潮社、二〇一三）

住所 〒一四三—〇〇二四 東京都大田区中央五—二九—一一—三〇三

記憶する生 × 九千の日と夜

二〇一七年九月一日　発行
著　者　吉田　広行
発行者　知念　明子
発行所　七　月　堂
〒一五六―〇〇四三　東京都世田谷区松原二―二六―六
電話　〇三―三三二五―五七一七
ＦＡＸ　〇三―三三二五―五七三一
印　刷　七月堂
製　本　駒留製本

Printed in Japan
ISBN 978-4-87944-283-3 C0092